永遠と一瞬のあいだは水色

吉川彩子

土曜美術社出版販売

詩集　永遠と一瞬のあいだは水色＊目次

カバー画／桐

詩集　永遠と一瞬のあいだは水色

*

ひなた水

吊り輪に体をあずければ
ぎくしゃく揺れ
竹林が続いたかとおもえば
いきなり海
黄昏
消波ブロックに
太陽は真っ赤な蝶を飛ばし
翅は菫色から闇へとねじれ
釣り人のシルエットと入れ替わるように夜は来て

もう明日は廃線だというこの電車

放電したまま
生きている実感もなく
それでもなにかしらの買い物の帰り道
出会いがしらの事故の現場に遭遇
幸運にも第一発見者にはならず
野次馬の圏外に去る
ひたすら
ことごとく
雨のやみ間でそっと息をしながら

循環と濾過はいつかは止まるだろうに
再生装置にも見える

公園の噴水
そのしぶきで
この空を
この世界を洗いたい
光の内側にふれていた季節のおわり
日ごとに増す疎外感
乾ききった声帯が弱く波打つ
閉じられた記憶のなかのひなた水

抱擁のときのきみの肩越しに
確かに地平線は見えたのだけれど

夜のプール

平泳ぎの大きくゆっくりとひとかきするごとに
水に眠る星たちを起こしては
表面張力もろともギザギザな鱗に変えて
際限なく散りばめていく
どこかで夜が何万と噴火して
その蒼い光は闇に深々と沈んでいく
この指先よりもさらに深く

月曜日、駅のホームから銀色に羽ばたいたものを
確かに視た

夜のプールに
月を沈めてわたしは泳ぐ
苦しむあなたとこの世界は等しくて尊いと
小さな希望を絶やさないために
永遠に一瞬を注ごう
日々からこぼれるものを掬っては
さらに大きく水をかきながら

平穏とはどこか遠い場所という意味
夜とプールにつづく扉は
たぶんだれもを赦し

だれをも裁かないだろう
水と流星のあわいで
しずかに透明になっていくものを

海辺にいちばん近い感傷

潮風の陽だまりはどこからが今日のものか
ボサノバで忘れて
カンツォーネで眠る
海のようになんにでも慣れてしまうのが怖いから
浜辺でまたひとつ
感傷という貝殻をひろっては
ころがしてさらっていく引き波

答えを待つ時間と

海に漂うプランクトンを交換しても
足元にはひたひたと冷たい砂
水平線めがけて消えていく花火
海の底に届いた星の鎖
夢の中ではいつも溺れていた
つかんだはずのものを確かめようもなくて

燃やされて海はときどき崖を作る
もう漕いで行く舟のない渚
遠くのくずれ波が座標もろとも消えていく
日没ののちに
限りなく朽ちていく金星
海鳴りの向こうに
ゆらゆらと燭台が灯る

微熱のままで

林檎ひとつぶんの逡巡は
遠く果樹園で颪に揺られていた
黄金の葉ざわざわと
距離を詰めれば
コピーペーストされる、ほんのわずかな悪意
知らず知らずに言葉さえ食べていた
味蕾が痺れたままなら
感受性が未完成のほうがましだと思った

体からむらさき色が発光しているのか確かめに
野外につんざくライブの人波に溺れにいく
もうだれひとり帰らない
赤いサルビアがこの家を燃やし尽くす
追いつめるように雲がつぎつぎと湧き立ち
鎖骨の上で耳を澄ませば
夜更けにはむすうのシリウスが
眠れなかったあまたの夜を照らすよ

微熱のままで振るまえば
待つ時間は鎖にからめられて重く
だれかの夢の中で落としたスプーンの音さえ聞きとれて
来る日も来る日も
コロシアムの底で遥かな東の暗い海を眺めて過ごした

こころを何度でも沈めたいその海に
出会いがしらに滅んでいくもの、しずかにあたたかく
昼はいつしか夜に憑依され
空を穿ち魔法をかけられた樹や鳥が漂っていく

不眠

旅の最後に届いた潮騒はレクイエム
雷鳴　いつ誤作動するか心配な運命線
日々はところどころ乱丁落丁していて
はらはら降ってくる
深い闇の中でフリーズした千手観音の手
消えかかる残像をたぐり寄せては
とろとろと夜が更ける
深夜という水槽に閉じ込められ
ただ浮かんでいるだけの魚のように
寝返りの芽のはえた羽根枕をシーツに並べて

こんこんと降り積もる夜
眠る前の儀式のひとつ
仄明るい液晶に指をすべらせ
イヤフォンをしずかに外す

わたしの痛みや哀しみにも
まぶたがあって
できるだけ閉じて眠ろうとする
これ以上感光しないために

原始地球が巡るとき
染色体は波打って
クラゲ、そうでないもの
それぞれ並べていったのかもしれない

まだ海さえ誕生していないとき

束ねれば不穏に重たい錠剤を
さらに積み上げていく夜の向こう
満艦飾の銀河を泳ぐ鯨の
大きな口で溶けていく日没のその先

意識という水の入ったコップを
どこまでも深い闇に置く
瞬時に蒸発させることができなければ
悪夢も始まらない

眠れぬ背骨はさらに湾曲していく
まっさらな夜がまた来る

熱風

眩しい陽射しとクラクションが
かわるがわる大地に錐を突き立てる
その密集する空気がわたしを不安にさせる
熱風は斜めに暴走し
道沿いの扉をバタンバタンと脅かした
きみは片方の白い手袋を残して
忽然と消えた
アフリカ象をスケッチしていた
きみの背中がわたしの中で水没していく

わたしでないわたしの声が
震えながらフロントマンと電話をしている
ホテルの避雷針が溶けていく
迷彩色のサファリハットが空を舞っている

（きみの見ていたものが
（愛の比喩でさえないとしたら
（きみの住んでいたクラウドが
（からっぽだったとしたら

赤い月と　まばらな灌木と
痺れるようなリズムと　妖しい蒸留酒と
わたしの隣に座って焚き火をしていたひと
ねじれながら焼けていく蝶の羽根のような炎

あの夜　きみはたしかにそこにいたのか
今となってはわからない
きみの乗ったセスナがどこへ向かったのか
だれも知らない

ものがたり

あなたがいた
わたしがいた
なみのおとがきこえた
よるはどこまでもつづいていた
おつきさまがふたりをてらしていた

おもいでだけのこどもがいた
ねたきりのははがいた
はなびらがかぜにゆれていた

とりのこえがきこえた
おひさまはだまってみまもっていた

どんなにくるしくてもかなしくても
いつかおわりはくる
じゅもんのように
みずのうえでいちまいのあおばが
くるくるとまわっていた

せかいはまだとちゅうだったので
そらにある　とうもまだつくりかけだったので
あなたのいない
わたしのいない
せかいはただいのっていた

*

波

秋も終わりの白い海岸
沈む楕円の太陽の中にぼくらは座って
砂漠に消えた飛行士や
接岸できない幽霊船のことなど
とりとめもなく思い巡らし
もういまは追憶を乗せて出航する
舳先の海鳥を見送った

いくども行き来した海岸線

店じまいするガレージに
置き去りにされたボード
それにはたしかに波の記憶が巻きついていたんだ
人魚の髪のように
（すてきな波が今日もブレイクする）

見知らぬふたりのように
お互いの存在を消し
その昼と夜が消えたとしても
まだたった一日にすぎなかった
夜が明ける
光と風は水平線の上でターミナルを捜し
遥かな被写体になりながら
うつくしい波の上で踊る

残酷でやさしい時間

冬のあいだは映画ばかり見ていた
ひとりで
ときにふたりで
スクリーンに映っているのは
いまだにわからない人生の意味
ドアスコープの魚眼レンズ越しの世界
絆創膏をそっとはがして確認する傷口
地球最後の日かと思うほど泣いて
膝の上のポップコーンをなぎ倒す

いつもの駅の時計台で
駈けてくるきみの鼓動は
黄金の文字盤に刻まれ
日のように
水のように
砂のように
ぼくらに夜は注がれる

(魂にスカーフを巻いて
そっと歩いてごらん
ハーブティーでも飲んでいく?)
窓という窓をぜんぶふさいでも
風は吹いて

ぼくらはみんな年をとっていく
カーテンがゆれて
みずいろになっていくのは
返事にならない声だったり
知らないあいだにはじまっていた
最後から二つめのイベント

残酷でやさしい時間を無視はできても
もう夏はラップに包まれて
サンダルと西瓜のとなりに置かれてる

おやすみ、ぼくの……

きみがこころやさしいひとなのか
そうでないのか
だれにもわからない
きみのつけてる鎧のせいだろうか
きみには翳があった
そしてときどき棘のある言い方をする
でもそれはきみのせいではない
一千光年も先を見つめているかのような
きみのまなざし

その星にたどりついたころには
ぼくら　みんなしんでいるんだ
だからもう取り返しのつかないものなんかに
固執するのはやめよう
だれかの妄想の中で生きるのはやめよう
ポケットにつっこんだ手を出して
テーブルについて
ぼくらの未来に署名をしよう
見える数だけドアがある
いくら積んでも崩れない
真実の果実があるとしたら
手なずけられなかった過去を葬ってしまおう

きみがこころやさしいひとなのか

そうでないのか
それはたいしたことではない
きみがいて　ぼくがいること
いなくなっただれかのかわりにではなく
つねに愛しいものとしてここにある
どこからがきみのもので
どこからがぼくのものだったのか
今となってはわからない希望と絶望
夜空の下で百万冊の本が閉じられても
夜明け前には一編の物語が幕を開ける

おやすみ、世界中が停電しているこの闇に
おやすみ、ぼくらの天球にまたたく星たちよ

明滅

寒いよるのあいだ
ずっとうつむいて
のみこんだ言葉を蹴って歩いていた
木星の環よりさらに希薄な
きみのこころさえ守れないまま

荒野にもみえる高層ビルや
その荒野のはるか向こうに連なる鉄塔
幻想、赤色、無機質な灯の明滅

感傷的になるよりも腑抜けさが倍になって

街で妖精をみつけて追いかけて
長い階段を昇りきったら
スカスカに骨折していたぼくの脳みそ
羽根をたたみ　指を折り　マスクをそっとはずして

それはしずかな怒りのすがたをかりて
燃えあがった
致死量をたずねることさえ無意味な
長い長い一日

きみはまだ、ここが腐海*ではないかと疑ってたね
たとえそうだとしても

もうぼくらに帰る場所はないんだ

喧騒はすでに圏外に去り
記憶のすきまを滑空していくぬるい風
細すぎるきみの首に巻かれたストールがほどけ落ち
ふたたび滅んでいくものたちを孕んでいる
遠く遠く霞む群青

＊　腐海＝アニメ「風の谷のナウシカ」に登場する有毒の瘴気を発する菌類の森

晩夏

街が燃えていた夜
墜落していきながら
きみはいったいなにを見ていたのか

すきかもしれない　と
つぶやいた日のきみのまなざし
ジャムの瓶に閉じ込めておけばよかった
夏という夏をよせあつめ
花束にしてきみにあげる

きみは飲みかけのジュースを捨てるように
想い出も簡単に葬ってしまうだろうけど

ぼくときみがいる意味
こころの角をぶつけあって
砕いてしまうことじゃない
きみがなかったことにしたい
世界は残酷だが抒情に満ちていた

大きな河口で海のほうを向いて
眺めている時間が多くなって
いくらたってもぼくらは河口でしか暮らせないだろう
ものいわぬきみの鎖骨がいとしくて
ぼくは幻のようにいくど撫でたことか

夜更けのビルの隙間で
スナック菓子を取りあい　笑いあう
静寂をかわし抱きしめれば
きみの心臓はひかりながら凍結していた

あの大雨のあと
話しこんだベンチに
ぼくが置き忘れた傘は
どこかでだれかの恋人に
そっとさしかけられているのかもしれない
ぼくはやっぱりきみのワイルドカードにはなれなかった

きみが無邪気に巻き取る長い髪の毛

こぼれるト音記号
きみが踊るヒールの裏で
ハレーションする上弦の月

たどりつく場所

きみの日々にすべりこんで
自転車をこぐ
ペダルを踏みつづければ
ふたりのうれし涙の波打ちぎわまで届く
夕焼けとそのあとの暗闇が
海を包んでおおいかくすまで
ペダルをさらに強く踏みこむんだ

すっかり放電してしまった夏の終わり

むらさきいろのバスが
ふたりを追い越していく
きみのカチューシャが　ぎんいろに光って
空のどこかと交信でもしているみたい

潮風をはらんだ轍《わだち》の跡が
どこまで行っても平行線に走っている
息がくるしくなったら
その手と足を離してごらん
約束のようなもの
知らないふりしたまま
星の軌道に乗ろうともがいて
ふたりが立ちすくんでいるあいだにも
物語とゲームは進んでいってしまう

この坂を
この砂丘を
雨上がりの土の匂いを
こえて
たどりつく場所
信号はまだ赤

月まで飛ぶれんしゅうをしよう

あなたに腕をからませたら　海のむこうに最後の花火があがった
月まで飛ぶれんしゅうをしよう
赤い回転灯がよく回る騒がしい夜だから
月まで飛ぶれんしゅうをしよう
羊たちが明日までの眠りを食べてしまったから
月まで飛ぶれんしゅうをしよう
たなびく雲が月をひんぱんに隠してもてあそぶ
月まで飛ぶれんしゅうをしよう
句読点がわからないから、文章の最後にはとりあえず「ほほえみ」を付けておく

月まで飛ぶれんしゅうをしよう
順風満帆のデッキに置かれたスペードがやけに気になる
月まで飛ぶれんしゅうをしよう
さきに取ったもんがちだというのなら、この処方箋はあげません
月まで飛ぶれんしゅうをしよう
桟橋からロープを投げて昨日を取り戻せるものならわたしはいますぐ
月まで飛ぶれんしゅうをしよう
ぎぜんしゃじゃなく、ぎあくしゃだった　らしい
月まで飛ぶれんしゅうをしよう
全然さびしくはなかった放課後　いまはちがう
月まで飛ぶれんしゅうをしよう
サーカスの虎の瞳のなかの熱帯雨林に雪が降る
月まで飛ぶれんしゅうをしよう
よだれじゃないよ　クリームパスタぬぐう　バージンのように

月まで飛ぶれんしゅうをしよう
手品のように鳩は出てこないけれど　黙ってそばにいることならできる
月まで飛ぶれんしゅうをしよう
だれもいないプールに沈めたい今日の太陽
月まで飛ぶれんしゅうをしよう
ボールを蹴れば蹴るほど遠ざかる銀河のゴールマウス
月まで飛ぶれんしゅうをしよう
あの子の死ぬ前の日に戻ることは無理だから
月まで飛ぶれんしゅうをしよう
たとえ見ることができなくてもさわることができなくても
感じることはできる所有することだって
月まで飛ぶれんしゅうをしよう
ペルセウス座流星群の彗星が次に来るとき、あなたもわたしもみんないない
月まで飛ぶれんしゅうをしよう

天使がかなしむわたしの上で宙返りして　今夜だけなぐさめてくれる
月まで飛ぶれんしゅうをしよう
割れた陶器の断面が私を見透かしている
月まで飛ぶれんしゅうをしよう
キスのさなかにそっと目をあけたら、月の裏側に絶望が見えた
月まで飛ぶれんしゅうをしよう
月まで飛ぶれんしゅうをしよう

*

予感

ぼくの暮らす街には
深夜でもむすうの明かりがあって
かぞえきれない車がつらなっている
駅でふりかえれば
まばゆいネオン看板の裏側に
見えない暗闇がいて
帰り道を追いかけてくる
ぼくはそいつを入れないように
すばやくロックをかける

ぼくの部屋はしんとして
冷蔵庫を閉じればいつでもそこは砂漠だった

毎日ぼくらは
おつかれさま、と
なんの感慨もなく
こちらのドアとむこうのドアを
行き来しているだけとおもう
身体の芯をいくどとなく折って
シャーペンなら補充がきくのに

ネットカフェや
コインランドリーですごす時間は
ひょっとしたら

これから知りあうとくべつなだれかを
待っている時間なのかもしれない
イヤフォンをはずせば
音速でぼくの小さな世界は閉じられ
不眠症のひとのふりをしている
悩みもなく
ぼくはぼくの静脈をしずかに流れていきたい
と、ときどきおもう

絶望したり　しにたくなるのも
自然体なのかもしれない
冬の荒れる海辺にうち寄せられた
ごみのように

消費しているこころが痛いのは
他人のせいでなく
妄想のせいだとおもう
エスカレーターで
いっきに地下三階まで降りていく
あの感覚が好きだったりする
だれかと本当につながったことが
あっただろうか
かなう夢などあるのだろうか

駅からはまた長距離バスが出ていく
待宵草が
月の鱗粉にまみれて
うつくしい

めまい

ぼくと無関係な着飾ったひとたちが
夜空に浮かび上がる煌めく窓の向こうで
さざめいている
眠らない街は
あきらめとかなしみの予定調和を映しだす
猥雑で大きなディスプレイだ
ぼくは今夜も通過する電車の轟音を浴びながら
高架下をくぐっていく

ひとりでいる時間を疑うとき
寒空に花火があがるとき
冗談かイジメか今もわからない
昔の同級生にカッターで刺された傷がかすかに痛む

ぼくにはヒーローもヒロインもなく
みんなが何をたいせつにしているのかも知らない

ぼくにはほとんど生きてる実感がない
年をとっていくその先に未来があるなんて信じられない
ひょっとしてぼく自身がだれかの妄想のなかで生きてるんじゃないか
とさえ思うことがある

近くで救急車のサイレンが鳴って

運ばれていくその先はどこなんだろう
ビル風が強く吹いて
ぼくの細くなった影を裂いていく

わたしたちみんな空気になる

わたしたち
みんな空気になりたくて
目深に帽子かぶり
マスクする
耳にイヤフォン押し込んで
それぞれノイズに浸り
だれにも言葉発さない
だれの言葉も届かない

電車の中で
街頭で
だれにも関わりたくない
自分以外気にしない
だれかがイジメにあったり
なんとかハラスメントにあってる
だれかが決めていく政治
どこかで起こっている戦争　殺し合い
ニュースで見た（ゲームでも見る）
ときどき心のなかでディスりながら
それでも
祝いと祭りは滞りなく過ぎていく（お疲れさま）
わたしたち
深海魚

わたしたち
みんな空気になる

エラー

希望はときどき
プラスティックの言葉で語られる
パスワードを変更して
いつもの部屋に入るけれど
出会うべきひとに出会えない

真実はたったひとつでいいのに
森の奥深く　だれかを捜しにいったまま帰らない友だち

世界は
きみが失くしたもの
忘れたもの
捨てたもの
きみが選ばなかったものたちの
ダミーでできている
できそこないの空中庭園で
くるったように昔の花が
いっせいに咲いている

秒速8キロメートルで遠ざかる
荒野の滑走路
いろんな装置が笑っている
ぼくをみすかすように

エレベーターで昇り切ったところが
どうか天国でありませんように
未明の防犯カメラに映っていたのは
すでに滅んだ街と硝煙

ライン

何を作っていたのか
今も思いだせない
流れてくる部品にマークを付けていく
ただそれだけ
くる日もくる日も
▽今日は何日目だろう
▽明日もここにいるだろうか

煤けた壁の時計に針はなく

表面張力によって丸まっていく時間
伸縮したりからまってくるのは隣の手
ラインのスピードは変わらないのに
眠るな手を動かせと急かされて
やがて自身のダミーも流されていく
整列した黒い頭をスクロールしても
数字は記号の中に埋もれて
見つけるのはむずかしい
箱の隅々まで充満する機械の響きは
水平に垂直にヘッドフォンの音になり
アナウンスが広がる先には
太陽が溶け宵闇に塗り潰されるフライヤー
交代／帰還

あの日々は夢に出てくることもなく
あの工場は日常に接続されなかった
ドット柄のパッケージ
ひょっとしたら半身は
今もそこで暮らしているのかもしれない
時給いくらで

サイレン

（ばくだんをしかけました
隣で酒を飲んでいた男が
臭気を放ちながら囁く

傾いたメゾネットで
首を吊った男が
防御本能について
張られたブルーシートに語りかける

森の入り口に到着すると
自動ドアが開いて
首のない男が
ＩＤカードホルダーをぶらさげ
かたかたとせわしなく指を動かしていた

スーパー銭湯から出てきた
目出し帽の男が大事に抱えていたのは
ヘルメットと安全靴と
ニコチンと信仰と

＊

立ったまま息絶えた

巨大な骸骨のような重機が
寝袋ごと男を吊り上げ
闇に沈んだセイタカアワダチソウが
蛍光色でつぶやいている

ここから工場群の屋根は
機械油と汚れの浸み込んだウエスが重なった
ミルフィーユのようにも見える
どこからともなく
ざざっと集まってきて
鳥たちは含み笑いをしている
禍々しくも荒ぶる煙突を遠巻きに
工場の常夜灯の光にまみれて遊ぶ

土偶の群れと
空き地に散らばった手足のないマネキン
工場でサイレンが鳴りやまない

*

キッチン

キッチンの
みずうみに氷を浮かべて
記憶の果てのチェロに耳を澄ます
排水溝に流れていく目眩を
しばし見送りながら

葉脈が凜と伸びた菜っぱや
丸さがみんな違うえんどう豆の
青く蒸れる匂い

ここまでたどりついた
鳥と牛たちがいとおしい
牡蠣にナイフをあてれば
荒々しい海を孕んで沈黙している

すいーっと横切る
透明な銀色の魚をつかまえた
ねぇ、……と話しかけたら
冷蔵庫のチルド室にするりと逃げられた
窓際のレモンバームとセージが
ゆらゆらさざめく

夜中のキッチンで
夢は細胞分裂している

まどろむ脊椎はさびしく笑っている

ばしゃばしゃ洗い
ざくざく切って
炎に包む
タイマーが勝手に巻き戻す
千年の眠りさえ
溶かすのだ

はる　～チェルノブイリとフクシマに思いを寄せて～

なのはな　ふんわり　まばたく
ひかりの　しゃめん
しゅんらん　すずらん　ぼんやり　うつむき
のどかに　ほのかに
たなびく　かすみは　うらうら
きのめ　はなのめ
かげろう　ゆらゆら
もものはな

（萌黄と淡朽葉のあいだに
いのちをこぼしていくうつくしい風があり）

あらぶる　きょだい　ひばしら
つきぬけ
あとには　かがんに　ねむれる
せっかん
はーぶの　ひえびえ　はるかなあのまち
にどとこぬはる

はかなき　あめつち
はらはら　きえゆく
まぼろし　まほろば
かのやま　かのかわ

あだたら　あぶくま
いのりに　よりそい　いずこにさくはる
（倒れたままのお地蔵さまがうすく目をあけ
旅人を見おくりひそっとつぶやいた　花はみつけたの）

かえるに　かえれぬ
みちしるべ　ともして
やよいの
ほろほろ　もくれん　おだまき
たまゆら　みるゆめ

無限旋律

そこは昔　巨大な建造物だった
壊れた天窓には星空の刺繍がほどこされ
空洞に化した回廊のような
できそこないの空中庭園にもみえた

砂嵐がこぼしていったのは
けっして溶けないごみ
元にもどらない昨日
日常と無秩序を隔てるとうめいな仕切り

見えてはいるが
触れていないものとの乖離
触れてはいるが
見えないものとの壁

けっきょく
ぼくらは黙認しつづけた
耳をふさいで
口をつぐんで
それは怪物となって生きつづけた
消えてなくなったあとも呪いが残った

太陽を融かし
手なずけられなかったものが

どうして秩序を与えられるだろう
放射状に並ぶナトリウムランプに包まれ
月のクレーターに足を沈めるかのように
ぼくは音叉とガイガーカウンターをかかえて
しんちょうに歩いた
そらまで切れそうな
ナイフの切っ先がぼくを脅していたとしても
生贄を差し出さなければならなかった
ひとびとの無念さよ
縮こまった蜥蜴をはらいのけて
浮かび上がった漆黒のプレート
そこにはかつての建物の名前がきざまれていた
＊＊＊発電所と

どんな家に住みたいですか
だれと暮らしたいですか
どんな人生にしたいですか
やわらかな光に抱かれて
完結する物語があるとすれば

テンペラ画

いまだに収穫されずに眠る季節
深い海の底にもぐり込んだ途切れた時間
水、押し黙る
空、日暈　月暈を裏返し
雲、非対称にじわじわばらける

光がかがめば影もますます縮こまっていく
森をなぎ倒していく燻《くすぶ》る泥土
置き去りにされたクレーンは

壊れたビルや港を大きく跨いで
行き止まりのトンネルの中に消えていった

何億年何千億年　海中で眠っていた氷たちが
波のまにまに
鋭く尖りながら息継ぎをしにくる
孤立する灯台は
濃霧の中で苦しまぎれに咆哮している
うやうやしく羽を広げた鳥が
次に着地するのは誰も知らない大地

垂直に
一層強固に
ほどかれ　結び直された構図

俯瞰すればうつくしい

電磁波のうねりに包まれる
（夢だろうか　夢であってほしい）
尽きることなく運ばれていく颪の飛沫
行く手を遮る鎧のような樹木
割れるいかずち
雨、とろけていく地表
脂に群がる舌たちを焦がす太陽フレア

水、押し黙る
アカエイ、跳ねる

しずけさのうた

たそがれの森を抜けて
赤い鳥居をくぐると
しずけさは立ったまま透明になっていました
池には咲いていた姿のままの
枝垂れ桜がうつっていました
しゃがみこんだわたしの所在無げな手を
ちいさな手がにぎりしめたのです
おもわずにぎりかえしたら
境内の奥から　わらべうたが聞こえてきました

ここからは夜
宵闇のかたまりごと、暗闇になって
月という象形文字がひらひらと
そこかしこに落ちているのです
一枚ずつひろいあげては　すすんでいくと
風もないのに
絵馬が音なくゆれて
うすくつめたい夜の呼吸
そっと胸をたしかめるように触れれば
喉に挿された花軸から
かすかに香る雫が滴り落ちていました
身じろぎもせず
無数の眠りの上に横たわる星夜

どこまでもしんとして
さざなみ描いて　灯火が消えていきました

木立とうつつのあわいで視線が飛びかい
フクロウが鳴いて
だれかがわたしの名を呼んでいます
けれど
くりかえし幻をまとった
夢への入り口はまだみつからないのです

あとがき

　本格的に詩作を始めてのおよそ十年間に児童虐待をテーマとした詩を書き、それらをまとめた詩集を二冊作りました（その十年間の前に詩作から遠ざかっていた二十年があり、それ以前に一冊の私家版詩集があり、ポケット詩集を除けば、この詩集は五冊目の詩集となります）。

　今回は虐待テーマ以外の二〇一一年以降の八年分を整理・選択して、八年間という長さにより作品には雰囲気の違いもありましたので、四つに分けて並べてみました。＊日々の感傷的雑感　＊ファンタジー　＊日常に感じる空気・不毛さ・疎外感　＊その他、というふうに。

　古い方の作品ですと未熟でつたない表現もありますが、その時の熱量や動機が感じられる詩はできるだけ加筆せずに、あるいは、投稿を重ねていた頃の何編かの入選作なども特に感慨深いので、そのままのかたちで残しています。

虐待の詩を書いているときは僅かに葛藤も抱えつつ、虐待される子どもの視線で書いていましたが、ある大先輩の詩人から「あなたは凄いなりきりをされるので驚きました、わたしもなりきりをしています」と言われ、その方は万葉の時代人になりきって書いてらっしゃいましたので、その時はなるほどと心強く思ったものです。

振り返ってみますと、わたしの詩には虐待テーマ以外の作品でも違う意味での「なりきり詩」が少なからずあります。若い頃に感じた疎外感はずっと感覚として自分の中にあり、その延長で詩を書いていることに気付きます。無意識に自然体で作っている詩。過去の時間にいる自身を描いているのではなく、今を生きる若い年代の境遇を描いているのでもなく、それは現在の自身そのままでもあるのです。

二〇一九年十月

吉川彩子

著者略歴
吉川彩子（よしかわ・あやこ）
和歌山県出身　愛知県在住
日本現代詩人会　中日詩人会　各会員

既刊詩集
『きみとぼくの星のいかだ』（二〇〇九年　ブイツーソリューション）
『ぼくがこんなにつらい旅をしてきたのは』（二〇一三年　ウイング出版部）
『いつか花の咲くところ』（二〇一七年　アマゾン・オンデマンド　私家版）など
直近の二冊は児童虐待テーマの詩集。
『ぼくがこんなにつらい旅をしてきたのは』は、子ども虐待防止オレンジリボン運動公式サイトの「関連書籍」欄にて紹介されています。
Eメール：mysterious_fairy_600@yahoo.co.jp

詩集　永遠《えいえん》と一瞬《いっしゅん》のあいだは水色《みずいろ》

発　行　二〇一九年十二月一日

著　者　吉川彩子
装　丁　直井和夫
発行者　高木祐子
発行所　土曜美術社出版販売
〒162-0813　東京都新宿区東五軒町三—一〇
電　話　〇三—五二二九—〇七三〇
FAX　〇三—五二二九—〇七三二
振　替　〇〇一六〇—九—七五六九〇九
印刷・製本　モリモト印刷

ISBN978-4-8120-2546-8　C0092